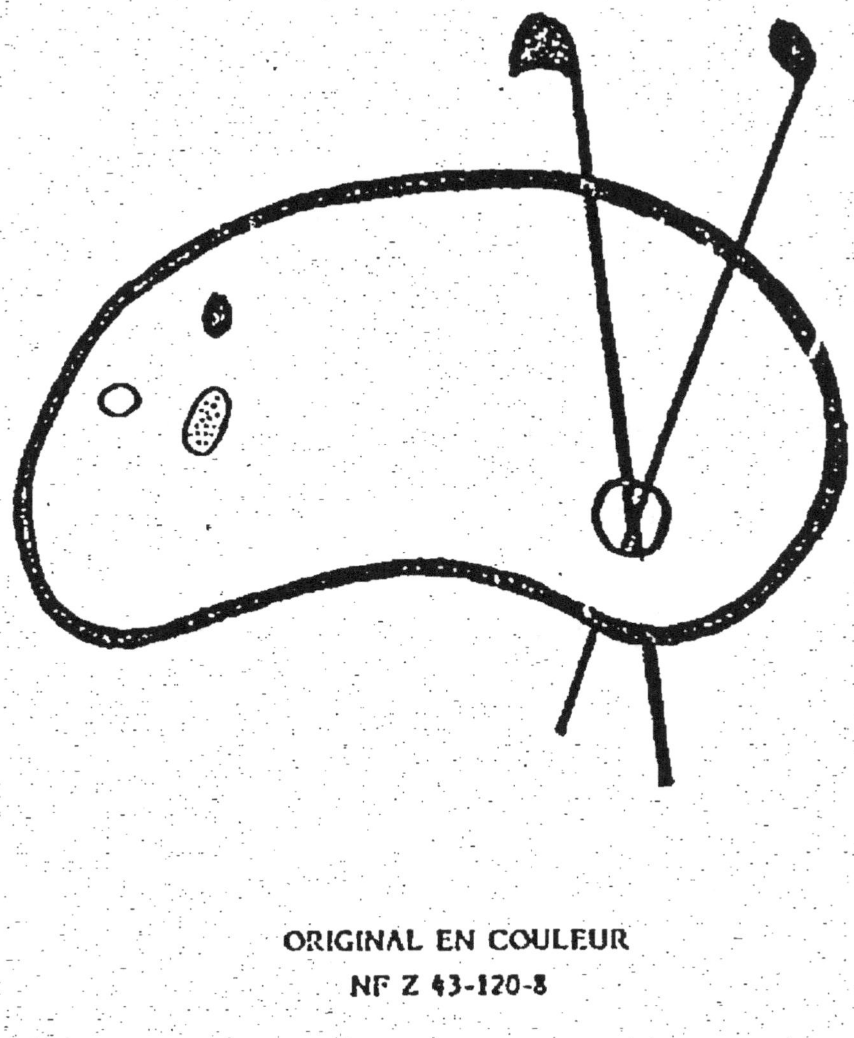

ASSOCIATION

...olique internationale pour la Protection de la jeune fille

DISCOURS

DE LA

Journée de clôture du 4me Congrès national

TENU A BORDEAUX LES 7 ET 8 OCTOBRE 1907

SOUS LA

Présidence d'honneur de Son Eminence le Cardinal LECOT

ARCHEVÊQUE DE BORDEAUX

Prix : 1 franc.

FRIBOURG

IMPRIMERIE DE L'ŒUVRE DE SAINT-PAUL

1908

CONGRÈS DE BORDEAUX

SÉANCE DE CLOTURE

Présidée par Son Eminence le Cardinal LECOT

Bien avant l'heure fixée, la salle des réunions se remplit d'un public d'élite, attiré par la perspective d'entendre la parole du Chef vénéré du diocèse. Sur l'estrade, nous remarquons de nombreux ecclésiastiques : M. le chanoine Desclaux, secrétaire de l'archevêché et supérieur du Foyer de la jeune fille ; M. Cartau, archiprêtre de la cathédrale ; M. le chanoine Calleu, directeur de l'*Aquitaine*, semaine religieuse ; M. Claver, secrétaire de Son Eminence ; MM. Amanieu, curé du Sacré-Cœur ; Hermann, curé de Sainte-Marie à la Bastide ; Deydon, curé de Saint-Nicolas ; M. Cartau, archiprêtre de Bazas ; M. Doreillac, curé de Notre-Dame de Talence ; MM. Capgras, vicaire à Saint-Seurin et Plaisance, vicaire à Saint-Ferdinand ; M. Mallat, directeur des Anglaises et du Patronage Jeanne d'Arc ; les R. P. Müeker, directeur des Allemandes et de Pommeyrac, aumônier du Foyer ; MM. les abbés Fouques, de Marseille, Bergès, de Toulouse, Loubradou, de Rignac (Lot), et de nombreux prêtres du diocèse et du dehors dont nous n'avons pu savoir les noms.

Parmi les laïques, nous citerons MM. le vicomte Pierre et le baron Charles de Pelleport-Burète, Eugène Josselin, Fernand Samazeuilh, de Lustrac, président de l'Association girondine des membres de l'enseignement libre, les dames patronnesses de l'Association catholique de la Protection, du Foyer de la jeune fille, du Patronage Jeanne d'Arc, des Visiteuses des vieillards délaissés, de l'Union catholique, du Refuge de Nazareth, de l'Œuvre des forains, etc.

A trois heures, Son Eminence fait son entrée et, après avoir pris place au fauteuil, ouvre la séance par la prière.

M. Louis Rivière. — Suivant la tradition de nos Congrès, nous avons sollicité, avant l'ouverture de nos travaux, la bénédiction du

Saint-Père. Nous avons reçu hier de la Secrétairerie d'Etat le télégramme dont je vais avoir l'honneur de vous donner lecture :

« Le Saint-Père renouvelle sa bienveillance et ses bénédictions à l'Association catholique de la Protection de la jeune fille et ne doute pas que le prochain Congrès national n'apporte de nombreux et grands fruits.

« Signé : CARDINAL MERRY DEL VAL. »

(Applaudissements prolongés.)

Après cette dépêche saluée par une joie bien légitime, j'ai à vous en communiquer une seconde qui vous causera, j'en suis certain, une vive déception. M. Georges Picot, en ce moment à Saint-Jean de Luz, a télégraphié hier soir à Mme Samazeuilh qu'une atteinte de grippe le retient au lit et qu'il lui est, par suite, impossible de venir aujourd'hui à Bordeaux. Nous déplorons tous l'incident fâcheux qui nous prive du plaisir d'entendre un homme éminent nous parler d'un sujet qu'il connaît mieux que personne. C'est en effet à la suite d'une enquête à laquelle s'est livré M. Picot, qu'on a enfin compris tous les dangers que présente pour la jeune fille la vie de l'hôtel-garni et qu'on a fondé à Paris un certain nombre de maisons de famille qui se développent d'année en année. Vous pourrez, du reste, lire le travail que M. Picot avait préparé à l'avance et qu'il veut bien nous communiquer pour le joindre au compte rendu du Congrès.

J'espère que cette indisposition n'aura pas de suites graves et que la santé de M. Picot sera promptement rétablie. *(Assentiment général.)*

Son Eminence le cardinal LECOT. — Je m'associe de grand cœur au vœu qui vient d'être exprimé en même temps qu'aux regrets que nous inspire l'absence de M. Georges Picot.

Je donne de nouveau la parole à M. Rivière qui veut bien nous rendre compte des travaux du Congrès qu'il vient de diriger pendant deux jours.

Discours de M. Louis Rivière, président du Congrès.

Résumé des travaux du Congrès. État actuel de l'Œuvre.

ÉMINENCE,

MESDAMES, MESSIEURS,

Un des grands avantages des congrès périodiques, comme celui-ci, c'est de permettre de mesurer d'un regard l'œuvre de plusieurs années et de comparer l'état actuel à celui qu'on avait constaté antérieurement. Les résultats obtenus depuis cinq ans sont de nature à satisfaire les plus exigeantes d'entre vous, Mesdames, et à vous inspirer pour l'avenir les plus légitimes espérances.

C'est en 1899, à Londres, qu'on s'est occupé pour la première fois d'organiser dans notre pays la Protection de la jeune fille catholique. Nous étions là un certain nombre de Français et de Françaises, délégués au premier Congrès pour la répression de la Traite des Blanches et groupés autour de deux hommes dont le nom vous est également cher : M. Georges Picot, qui vous eût donné aujourd'hui une nouvelle preuve de sa persévérante sympathie sans la regrettable indisposition qui le retient loin de nous ; M. Bérenger, qui, depuis huit ans, s'est consacré avec une énergie que rien n'a pu lasser, avec une ténacité douce qui a vaincu tous les obstacles, à la répression du plus épouvantable des dangers qui menacent vos jeunes protégées.

Nous avons entendu à Londres Mme la baronne de Montenach nous entretenir de l'Œuvre catholique de Protection fondée depuis trois ans à Fribourg, avec sa chaleur de cœur, son éloquence communicative, et elle nous conquit tous à sa cause. L'année suivante, l'apôtre de la Protection poursuivait sa propagande devant un public plus nombreux, au Congrès des œuvres charitables féminines, réuni à Paris à l'occasion de l'Exposition ; la création de l'Œuvre nouvelle semblait décidée quand survint la discussion de cette loi sur les associations qui, en accordant à notre pays une liberté réclamée depuis trente ans, mettait hors du droit commun les meilleurs des enfants de la France, les membres de ces congrégations religieuses qui, depuis tant de siècles, avaient suscité dans notre pays toutes les initiatives charitables. C'était le prélude des destructions auxquelles nous avons assisté depuis lors et le temps ne semblait guère propice pour les fondations nouvelles. On ne tarda cependant pas à se ressaisir, on comprit que, du moment où la jeune fille perdait les appuis traditionnels qui, depuis trois siècles, veillaient sur son isolement, il n'en était que plus nécessaire de fonder une œuvre laïque dans son personnel, profondément catholique dans son esprit, susceptible par suite de continuer les mêmes services en s'appropriant aux nécessités du temps.

En novembre 1902, un Comité national français était constitué sous la présidence de Mme la comtesse de Caraman et son secrétariat s'installait rue de Vaugirard, 53, dans les mêmes locaux que le comité régional parisien, dirigé par Mme la marquise de Castellane. Les Comités locaux qui existaient déjà à Nancy (1897), Bordeaux (1900) se rattachèrent à l'organisation française qui tint son premier Congrès national à Paris, en mai 1903. On y divisa notre pays en six régions subdivisées chacune en deux zones, dont l'une devait être subordonnée à l'autre ; on conclut une entente avec les œuvres provinciales, fort nombreuses à Paris, pour la protection de leurs ressortissantes : on se préoccupa enfin des moyens à employer pour faire connaître l'Association et utiliser le concours des œuvres nombreuses qui s'occupent de la jeune fille à Paris et en province.

Au second Congrès, tenu à Lyon, en 1904, le nombre des régions fut porté à 14 ; dix étaient déjà complètement organisées et présentèrent un rapport détaillé sur leur fonctionnement. Le nombre des œuvres affiliées s'élevait à 130, et on décida la publication d'un supplément français, annexé au *Bulletin* de Fribourg.

Le troisième Congrès, tenu à Paris en novembre dernier, a eu un éclat particulier en raison de sa coïncidence avec le quatrième Congrès international de l'Œuvre. Le nombre des œuvres affiliées monte à 430, la division régionale est complétée par le dédoublement de deux régions, reconnues trop étendues pour pouvoir être utilement contrôlées du siège central.

Ce Congrès offrait cette particularité de se réunir pour la première fois dans un local appartenant à la Protection, dépendant de la belle maison d'accueil ouverte en juillet 1905 par le Comité parisien dans les locaux abandonnés par une congrégation religieuse, 35, rue de Sèvres. On y trouve réunis sous un même toit, le Secrétariat national, le bureau de placement, la maison d'accueil, un bureau de renseignements, l'ouvroir qui occupe temporairement les jeunes filles non placées. C'est le type complet de l'organe nécessaire à notre fonctionnement.

Nous avons été heureux de nous retrouver encore chez nous, en nous réunissant à Bordeaux pour notre quatrième Congrès national, dans ces beaux locaux du Foyer de la jeune fille où les excellentes Sœurs de la Présentation de Tours ont bien voulu nous offrir une large et souriante hospitalité.

Le Congrès a eu, dimanche soir, une préface qui laissera un souvenir ému dans l'âme de tous ceux qui ont eu le bonheur d'y participer. Son Éminence le cardinal archevêque de Bordeaux avait daigné venir nous dire la parole initiale de nos travaux en nous accordant une précieuse bénédiction. Les organisateurs conçurent la bonne pensée de réunir ici, pour les présenter au chef respecté de ce diocèse, les membres des dix-neuf œuvres bordelaises affiliées à l'Association catholique. Chacune d'elles a successivement été appelée à prendre place devant Son Éminence qui a interrogé chaque présidente ou directrice avec un intérêt très sensible, et a su trouver pour les jeunes filles participantes des paroles touchantes de paternelle bonté. Je suis sûr que ces allocutions resteront gravées dans le cœur des auditrices comme un encouragement, ou plutôt qu'elles y germeront comme une semence de vertus nouvelles, fécondée par la bénédiction du vénéré Pasteur des âmes.

Ce premier jour était un jour de fête, un dimanche, consacré au repos et à la joie de se retrouver. Lundi matin ont commencé les séances de travail, plus austères, mais non moins fécondes. Le programme avait été arrêté d'avance, d'accord entre le Comité national de Paris et le Comité bordelais d'organisation. Tous les points à traiter ont été précisés dans un questionnaire, envoyé aux secrétaires régionaux qui ont transmis leurs réponses quinze jours avant le congrès. Le travail avait ainsi pu être préparé de manière à éviter toute perte de temps.

Nous ne saurions examiner en détail les treize questions sur lesquelles a été appelée l'attention des Comités régionaux ; ce serait un peu long ; plusieurs de ces questions ont d'ailleurs un caractère technique qui n'intéresse que les pratiquantes de l'Œuvre. Il est, du reste, possible de les grouper sous trois chefs principaux : questions générales, propagande, rapports avec les œuvres.

Les questions générales concernaient le règlement du fonctionnement intérieur de l'organisation nationale : conditions d'admission dans les maisons d'accueil, fixation d'un âge maximum pour cette admission ; mode de votation aux congrès internationaux ; rapports avec les pouvoirs publics et les administrations au point de vue du développement de l'Œuvre, de la création et du fonctionnement des bureaux de placement, syndicats, maisons nouvelles ; remise d'une carte d'identité aux personnes qui voyagent en qualité d'agents de l'Œuvre. Dans un échange d'idées rapide, sans long exposé, chacun faisait connaître les faits qui se sont produits dans sa région, donnait son avis sur le parti qui lui semblait le meilleur ; tous les assistants sont ainsi mis à même de profiter de l'expérience acquise sur chaque point du territoire par une application quotidienne.

La question de la propagande avait déjà été examinée aux congrès précédents ; elle a une grande importance pour une œuvre qui fait appel à tous les concours et dont toutes les jeunes filles de condition modeste sont susceptibles de devenir les obligées. Le *Bulletin mensuel*, avec le *Supplément français* qui lui est adjoint depuis trois ans, les comptes-rendus annuels régionaux, ceux des congrès périodiques, constituent autant d'importants éléments de publicité ; les articles dans les journaux et revues, qui nous ont souvent donné un sympathique concours, la représentation aux congrès charitables, aux congrès diocésains qui se multiplient en France depuis la séparation, permettent d'atteindre les milieux les plus étrangers à notre action personnelle. Dans plusieurs diocèses, Nosseigneurs les Evêques ont daigné faire annoncer l'Œuvre de la Protection aux retraites ecclésiastiques ou lui faire une place dans les cours sociaux professés dans les grands séminaires. L'affichage dans les gares, dans les wagons, sur les paquebots, constitue enfin une propagande très utile pour les jeunes filles qui ne soupçonnent guère les dangers qui les menacent et qui ignorent trop souvent les concours qui peuvent venir à leur aide.

Une Association comme la nôtre a forcément des points de contact avec les autres œuvres, en vue de services réciproques. Partout, grâce à Dieu ! on constate que les rapports sont excellents, à moins que la passion politique ne vienne entraver la bonne volonté des directeurs ou agents. Nous entretenons des relations particulièrement suivies avec certains groupements que nous rencontrons sur un terrain commun, comme l'*Association catholique des employés de chemins de fer*, qui réunit 23,000 agents appartenant à toutes les Compagnies. Ils veulent bien se charger de recommander nos protégées à leurs collègues des Compagnies étrangères aux gares frontières, et ils ont plus d'une fois indiqué nos maisons d'accueil à des jeunes filles qu'ils voyaient dans l'embarras.

Nous avons aussi des relations suivies avec l'*Association pour la répression de la Traite des Blanches*, aussi bien avec le Comité central de Paris qu'avec les sections locales qui fonctionnent dans plusieurs villes de France, notamment à Bordeaux. Enfin, nous utilisons les œuvres ou missions des gares partout où nous n'avons pu créer une organisation qui nous soit particulière.

Sur tous les points, nous voyons augmenter le nombre des œuvres affiliées. Il semble qu'on se décide à sortir en France de ce particularisme jaloux qui semblait redouter jadis une immixtion, chaque fois qu'un concours lui était demandé ou proposé ; on comprend enfin que l'union des œuvres multiplie, au contraire, les moyens d'action en mettant les forces de toutes à la disposition de chacune d'elles.

Les œuvres charitables ont une longue histoire dans notre pays, en ce qui concerne les jeunes filles. Dès le début du XVIIme siècle, les Sœurs de la Croix, qui ont reçu leur constitution de saint François de Sales et ont eu saint Vincent de Paul pour premier aumônier, s'occupaient à Paris de placer des servantes et de recueillir celles qui se trouvaient momentanément dans l'embarras. On leur doit l'initiative de ces *œuvres de servantes* qui existent dans un grand nombre de paroisses de Bordeaux et qui, sous des noms modernisés en vue de ménager des susceptibilités croissantes, s'efforcent de venir en aide aux gens de maison. D'autres groupements se réunissent sous forme de congrégations ; des *bonnes gardes* et des *pensions de famille* reçoivent pour un prix modique les jeunes filles isolées. Vous savez toutes, Mesdames, tout le bien qui se fait dans cette maison qui nous abrite ; mais tout cela est connu depuis longtemps.

Ce qui est plus nouveau, ce qui est surtout sensible dans nos derniers Congrès, c'est le développement considérable que prennent les œuvres plus spécialement économiques : syndicats, mutualités, placement, enseignement professionnel.

Des syndicats groupent dans un grand nombre de villes des ouvrières, des employées, des institutrices. A Limoges, Mlle Ceyrac a suscité la création d'un syndicat de l'enseignement libre, groupant 189 institutrices répandues sur tous les points du diocèse et qui constituent autant de correspondantes locales toujours prêtes à faire connaître l'Œuvre. Les trois syndicats d'ouvrières de Marseille ont fondé en commun une colonie syndicale à Forcalquier, où 43 jeunes filles ont été cet été renouveler leurs forces en respirant l'air pur de la montagne.

A ces syndicats s'adjoignent des mutualités accordant, en cas de maladie, des secours médicaux et pharmaceutiques, avec une vraie indemnité quotidienne. Quelques-uns accordent même une allocation en cas de chômage.

Des bureaux gratuits de placement sont annexés à tous les Secrétariats régionaux. Ces bureaux doivent être déclarés, conformément à la loi du 14 mars 1904, et nous tenons d'autant plus à le rappeler ici qu'un procureur du Midi, en quête d'occasion de montrer son zèle, a cru devoir poursuivre récemment un Comité local qui ne s'était pas mis en règle avec la loi. J'ajouterai que les personnes qui voudraient éviter les formalités légales, pourtant bien simples, peuvent se constituer comme filiales annexes de bureaux déjà déclarés. C'est ainsi que le bureau de Dijon fonctionne en qualité de succursale de celui de Paris.

Des cours ménagers sont organisés dans un nombre croissant de villes ; on n'a plus à faire l'éloge de cette institution qui apprend à la jeune fille à réaliser le rêve d'Harpagon : « Faire bonne cuisine à peu de frais. » Son Éminence a constaté elle-même avant-hier ce que nos maîtresses réalisent sous ce rapport en se faisant détailler le coût de certains repas à 35 centimes. Au cours professionnel de Mme Serres, rue Margaux, a été annexé depuis quatre ans un cours supérieur professé par Mlle de Belfort, professeur diplômé de la ville de Paris ; un cours normal a été organisé cette année à Nancy, dans des conditions analogues.

À Nice, Mlle Schegg a réussi à constituer quatre véritables cours professionnels : coupe, anglais, tenue des livres, correspondance commerciale. À Marseille, M. l'abbé Fouques a ouvert une école de domestiques où il accueille les jeunes filles à partir de l'âge de treize ans en vue de leur apprendre la pratique de leur métier.

Enfin, je tiens à indiquer ces œuvres si intéressantes de travail à la campagne, suscitées depuis dix ans par l'initiative de Mlle de Marmier et qui ont pour but de retenir la jeune fille au foyer et de lui enlever tout prétexte à venir chercher une place dans les grandes villes. Mlle de Béarn, dans les Basses-Pyrénées, Mlle Clément, à Agen, s'appliquent à les multiplier dans la région du Sud-Ouest. Mlle Clément a organisé un cours permanent où les jeunes filles peuvent apprendre la technique de la broderie avant de recevoir de l'ouvrage à domicile.

Je m'arrête à regret dans cette énumération pour passer à la seconde partie de notre programme, celle qu'on pourrait appeler l'examen de conscience de nos régions.

Au début de la première séance, Mlle Frossard, secrétaire générale du Comité national, a résumé avec son habituel talent d'exposition et sa remarquable précision, les travaux du Congrès tenu à Paris en octobre dernier et les faits saillants survenus au cours de la dernière année. Puis, Mme Samazeuilh nous a lu, sur les œuvres bordelaises, un rapport des plus documentés qui a fourni un commentaire lumineux au défilé qui nous avait tant intéressé dimanche soir.

Après ces deux rapports d'un caractère général, nous sommes entrés dans les détails avec l'étude des quinze rapports spéciaux présentés au nom de chacune des régions.

Quand les enfants grandissent, ils ont une tendance à se séparer du groupement paternel pour fonder une nouvelle famille ; à chacun de nos congrès, nous constatons quelqu'un de ces faits de croissance qui nous obligent à organiser des régions nouvelles. L'an dernier, à Paris, c'est la région même qui nous réunit aujourd'hui, celle de

Bordeaux, qui parut excéder les forces d'un comité avec ses dix départements ; trois lui furent enlevés pour créer, avec des emprunts faits aux groupements voisins, une nouvelle région dont le siège est à Limoges. Grâce aux soins maternels de son organisatrice, Mlle Ceyrac, ce dernier-né est arrivé au Congrès en plein développement, muni de tous ses organes essentiels, accompagné d'un brillant état-major de Comités locaux et de correspondantes, digne, en un mot, d'être cité comme modèle à certains de ses aînés dont la croissance semble moins rapide. Cette année, c'est du côté du Sud-Est que se sont produits ces phénomènes d'hypertension qui rendent le sectionnement nécessaire. Grâce au zèle inlassable de cet apôtre qu'est M. l'abbé Fouques, Marseille possède un ensemble d'œuvres qui dépassent de beaucoup ce que nous trouvons dans la plupart de nos centres régionaux et que motive, du reste, l'importance exceptionnelle de son port et de sa gare. Un centre nouveau y fonctionnera donc à merveille et nous lui donnerons mission de tendre la main par-dessus la Méditerranée à l'Algérie et à la Tunisie où la Protection de la jeune fille a grand besoin d'être méthodiquement organisée. En France, les départements des Bouches-du-Rhône et de Vaucluse complètent la nouvelle région ; ils sont un peu éloignés de Nice qui se contentera très volontiers de quatre départements : Alpes-Maritimes, Var, Basses-Alpes et Corse.

Nos premiers groupes constitués conservent toujours leur avance. Nancy, Lyon, Bordeaux, ayant désormais au chef-lieu tous les organes nécessaires, se préoccupent d'étendre leur action par la multiplication des centres secondaires. Grenoble, Nimes, Rouen complètent leur organisation tandis que Toulouse, Rennes et Lille viennent seulement de constituer leurs Comités régionaux.

Nos derniers points noirs persistent dans les brumes du Nord-Ouest et de l'Est : Angers et Reims n'ont pas encore constitué leurs Comités régionaux. L'Œuvre est confiée dans chacune de ces villes à un prêtre dévoué, désigné par l'autorité épiscopale, et qui assure le service de renseignements que fournit ailleurs le Secrétariat. On ne saurait néanmoins attendre d'une bonne volonté individuelle, quelque dévouée et éclairée qu'elle soit, d'ailleurs, l'action multiple et continue que fournit un comité de dames étendant son action aux cinq ou six départements de chaque région.

C'est le développement de ces centres secondaires qui constitue le trait caractéristique des rapports relatifs aux derniers exercices : nous le trouvons signalé dans toutes les régions, les Comités locaux et les correspondantes s'y multiplient à l'envie. Certains de ces Comités locaux ont pris une telle importance, qu'on peut les comparer à des centres régionaux. Chartres, par exemple, qui fonctionne depuis quelques mois seulement, possède, outre son secrétariat et son bureau de placement, deux maisons d'accueil au chef-lieu et d'actives correspondantes dans les trois villes, sièges de sous-préfectures. C'est du côté des correspondantes qu'il faut surtout diriger votre recrutement, Mesdames. Il n'y a là aucun établissement à créer, aucune dépense d'organisation à prévoir. Il suffit de trouver une personne de bonne volonté qui consente à fournir des renseignements et à écrire quelques lettres. Il n'y a pas de paroisse en France où n'existe cette personne pieuse et dévouée, destinée par la Providence à se faire votre auxiliaire ; le tout est de la découvrir et vous y parviendrez facilement le jour où votre Œuvre sera mieux connue, car il suffit de vous connaître, Mesdames, pour vous apprécier et pour venir à vous. (*Applaudissements.*)

Restait à fixer un dernier point : le lieu et la date de la réunion du prochain Congrès. Le principe des réunions annuelles a été posé l'an dernier à Paris. Le nom de Congrès peut sembler un peu ambitieux et celui d'assemblée générale serait peut-être plus adapté au genre de travail qui nous occupe pendant deux journées. Nous maintiendrons cependant le terme habituel, qui favorise l'obtention de réductions de prix accordées par les Compagnies de chemins de fer en pareille occurrence. Une seule Compagnie nous a refusé cette année cet avantage et nous avons le regret de constater que c'est celle qui relève directement du gouvernement national. Nos amis de l'étranger sont habitués à plus de sympathie de la part des pouvoirs publics.

Nous avons décidé que nos réunions alterneraient désormais entre Paris et une ville de province. Celle de 1908 aura donc lieu dans la capitale et celle de 1909 nous emmènera dans l'Est, à Nancy, où nous sommes sûrs de rencontrer en Mme Déglin une organisatrice digne de sa collègue de Bordeaux à la vice-présidence de notre Comité national français. Nous avons été heureux de témoigner par ce choix notre reconnaissance envers la ville qui a la première organisé la Protection de la jeune fille catholique dans notre pays.

Telles sont, Mesdames, rapidement résumées, les décisions qui ont été prises au cours de ces deux laborieuses journées. Elles contribueront certainement à fortifier et à étendre votre Œuvre parce que toutes sont inspirées des principes essentiels qui ont présidé depuis dix ans à son développement.

Avant de venir prendre part à cette réunion, j'ai réfléchi, comme c'était mon devoir, sur ce passé que je vous rappelais il y a un instant ; et il me semble que l'on peut réduire à cinq les caractères essentiels de l'Œuvre de la Protection de la jeune fille : elle est une œuvre cha-

ritable, une œuvre sociale, une œuvre spécialisée, une œuvre organisée, une œuvre catholique.

Il est de mode dans certains milieux d'opposer l'œuvre sociale
à l'œuvre charitable. Celle-ci est présentée comme vieillie, démodée,
en contradiction avec l'état actuel de notre société ; à la charité,
dit-on, il faut substituer la justice qui sera parfaite le jour où elle
sera pratiquée par l'Etat, seul arbitre souverain de tous les intérêts
particuliers de ses ressortissants.

Je n'ai pas besoin de vous dire, Mesdames, que cette conception
n'est pas la nôtre. Bien loin de devoir suppléer et remplacer l'œuvre
charitable, l'œuvre sociale nous semble devoir l'étendre et l'unifor-
miser. Permettez-moi de préciser par un exemple le rôle réciproque
de ces deux manières d'agir.

Vous rencontrez une jeune fille sans place, sans ressources, prête
à sombrer dans les pires aventures. Vous la recueillez, vous la placez,
vous soutenez sa volonté chancelante ; vous avez accompli envers
elle le devoir de la charité, vous avez fait œuvre charitable. Puis,
après avoir ainsi recueilli deux, dix, vingt jeunes filles, vous constatez
que leur état d'abandon provient toujours des mêmes causes : insuf-
fisance professionnelle, salaires dérisoires ; par suite, manque d'organisation en vue du placement. Pour remédier à ces inconvénients
vous créez une école ménagère, un bureau de placement, un syndicat
d'ouvrières dont toute la catégorie profitera également. Ou encore
vous constatez que les chutes morales dont vous êtes les témoins
attristés proviennent de la difficulté qu'éprouve une ouvrière à
trouver un logement convenable, de la nécessité de chercher un
gîte dans ces garnis où elle est l'objet d'obsessions incessantes, qui
sont les milieux les plus propices à la constitution de faux ménages,
et, pour y remédier, vous ouvrez une de ces maisons de famille dont
on vous a fait connaître l'excellente organisation au cours de nos
réunions.

Dans ces deux hypothèses, vous avez constitué un remède qui
s'applique, non plus seulement à un cas spécial, mais à une catégorie
tout entière, vous avez fait œuvre sociale. Pour nous, l'œuvre
sociale, c'est donc l'œuvre charitable organisée, mise d'une façon
permanente à la portée de tous.

Est-ce à dire que l'œuvre charitable deviendra par là même
inutile, qu'on peut donc la supprimer ? Hélas ! ce serait peu connaître
les lacunes de notre prévoyance, « toujours courte par quelque endroit »,
suivant le mot de Fénelon ; il y aura toujours des imprudentes, des
ignorantes, des réfractaires, qui ne sauront pas recourir à temps
aux institutions ainsi créées et qu'il faudra relever. L'œuvre sociale

peut restreindre le champ de la charité ; elle ne le supprime pas, mais, en diminuant son étendue, elle permet de s'occuper avec plus d'efficacité de chaque cas isolé.

En Allemagne, il y a vingt-cinq ans, on a constitué de toutes pièces une législation d'assurances contre la maladie, les accidents, la vieillesse et l'invalidité ; on se proposait d'y joindre ultérieurement le chômage, et nombreux étaient ceux qui disaient : « Quand le système fonctionnera complètement, toutes les misères seront secourues, il n'y aura plus place pour l'assistance. »

Eh bien ! le système fonctionne. J'étais récemment en Allemagne, j'ai constaté qu'il y avait toujours des hôpitaux, qu'on distribuait toujours des secours à domicile. Mais j'ai constaté en même temps qu'on s'applique de plus en plus à « organiser » la charité pour lui faire produire son maximum d'effet avec un minimum de dépenses, grâce au concours de la bienfaisance privée et de l'assistance publique. C'est ce que nous voulions faire en France en 1900, au Congrès international de Paris, et ce qui a été rendu impossible par l'accès de passion antireligieuse qui s'est emparée à ce même moment des partis au pouvoir. Nos voisins appliquent les solutions que nous avons préparées.

Mais vous, Mesdames, dans votre domaine limité, qui vous appartient en propre, vous avez su créer une organisation efficace en spécialisant votre Œuvre, en la limitant à la jeune fille. Et certes vous avez choisi une belle part, car qu'y a-t-il de plus digne d'intérêt que ces enfants qui seront les mères de demain, auxquelles il importe donc de conserver l'intégrité de leur valeur morale et physique, pour assurer à notre pays ces contingents nouveaux dont il a d'autant plus besoin à une époque où d'abominables doctrines menacent de tarir à leur source même les forces vives de notre prospérité nationale !

Autrefois, les œuvres avaient une tendance à étendre démesurément leur action. Il semble qu'elles appliquaient à la charité le mot du poète latin en ne demeurant étrangères à aucune souffrance humaine : de l'enfance à la vieillesse, tout malheureux avait droit à leur appui. C'était la période héroïque, celle de l'apostolat, des dévouements sans mesure.

Mais, avec le temps, on a compris que, pour faire le bien, la bonne volonté ne suffit pas. Il faut un outillage, des ressources, des concours ; il faut aussi de l'expérience, parce qu'on ne fait bien que ce qu'on a appris à bien faire. Les œuvres ont donc limité leur champ d'action suivant l'âge et le sexe, elles ont adopté une catégorie spéciale d'infortunes, sauf à renvoyer aux œuvres voisines celles qui échappent à leur spécialité.

Et dans les limites mêmes de cette spécialité, il est apparu qu'il y avait place pour bien des modes d'action divers, qu'il y avait lieu de faire appel aux bonnes volontés antérieures plutôt que de chercher à leur faire concurrence. La Protection est donc devenue moins une œuvre spéciale qu'une Fédération d'œuvres ; un secrétariat et une maison d'accueil suffisent pour diriger sur chacune d'elles les jeunes filles qui sont de son ressort.

Ces deux organes constituent le lien qui attache ces brins épars pour en former un faisceau solide que rien ne pourra rompre. Et c'est ainsi que, sur tous les points du pays, « vos Secrétariats régionaux sont devenus autant de centres de renseignements, de foyers de propagande, autour desquels se groupent tous les dévouements, collectifs ou individuels [1] ».

Enfin, Mesdames, vous êtes une Œuvre catholique.

Vous avez compris que, dans cette entreprise difficile entre toutes, quand il s'agit de sauver une jeune fille sans appui au moment de cette crise redoutable où tout semble conspirer pour la faire tomber, on ne peut réussir qu'en faisant appel à ce frein tout puissant, seul efficace, la foi religieuse.

Vous avez donc arboré fièrement votre foi comme un drapeau, vous l'avez mise dans le nom même de votre Œuvre : l'Association CATHOLIQUE DE LA PROTECTION DE LA JEUNE FILLE. Personne ne peut donc être trompé en venant chez vous, personne n'a le droit de s'étonner d'y trouver l'image du divin Rédempteur et d'y entendre prier « le Père qui est aux Cieux ».

Mais votre religion n'a rien d'exclusif : vous n'êtes pas de celles qui se détournent du Samaritain blessé. Quand une jeune fille malheureuse se présente, vous l'accueillez, même si elle est juive ou mahométane, même si elle a le malheur de n'avoir aucune foi religieuse, puisque nous avons maintenant en France cette douleur de rencontrer fréquemment ce cas d'une femme sans foi, considéré comme monstrueux dans des pays voisins du nôtre.

La même idée de tolérance vous amène à collaborer avec des œuvres non catholiques qui poursuivent un but analogue au vôtre. Dès le début, vous avez continué à vous entendre pour les intérêts communs avec l'Œuvre protestante des Amies de la jeune fille, qui vous avait précédées de vingt ans ; et l'an dernier, à Paris, nous avons entendu, au Congrès de la Traite des Blanches, Mme la baronne de Montenach appuyer des propositions présentées par Mlle Esther Richard, la distinguée secrétaire du Comité central de Neuchâtel.

---

[1] Mme DÉGLIN. *Hommes et bureaux de placement*. Rapport au IVme Congrès international de Paris, octobre 1906, p. 131.

Il a été plusieurs fois question dans nos réunions des relations que vous entretenez avec l'Association pour la répression de la Traite des Blanches et avec l'Œuvre des Gares qu'elle a créée à Paris ; deux dames, et aussi deux messieurs, font partie à la fois des conseils des deux organisations et facilitent les relations.

C'est ainsi que, tout en sauvegardant votre foi par les réserves nécessaires, vous vous efforcez de « contribuer au mouvement de rapprochement et d'union qui, malgré tout, et en dépit de toutes les tristesses du moment présent, emporte les unes vers les autres toutes les âmes de bonne volonté, éprises d'idéal moral et de vie spirituelle [1] » (*Vifs applaudissements.*)

ÉMINENCE,

Quand, en 1899, notre vénéré Archevêque de Paris appelait la bienveillance de ses Frères de l'Episcopat sur l'Œuvre naissante qu'on s'efforçait de propager en France, vous avez répondu l'un des premiers à l'appel de votre éminentissime Collègue. L'Œuvre locale de Bordeaux a été l'une des premières à se constituer dans notre pays, et, dès le premier jour, vous lui avez témoigné votre haute sympathie en lui donnant pour directeur spirituel un de vos vicaires généraux qui a grandement contribué à son développement dans la région. Depuis huit ans, vous avez daigné présider personnellement les réunions annuelles de nos dames associées et votre *Semaine religieuse* a constamment fait connaître les progrès de l'Œuvre en signalant son utilité au clergé paroissial. Vous ajoutez aujourd'hui un nouveau bienfait à tant d'autres, Eminence, en daignant présider la séance solennelle de clôture de ce Congrès auquel ont participé un grand nombre des membres étrangers à votre diocèse et même à notre pays.

Et puisque je suis l'un de ces hors-tenants, j'espère être l'interprète de tous en remerciant en leur nom le Comité local d'organisation et tout spécialement son infatigable présidente, Mᵐᵉ Fernand Samazeuilh. Elle a été entourée de concours dévoués, nous le savons, et nous avons constaté de longue date tout ce que sait faire sous ce rapport M. le vicomte de Pelleport-Burète, pour ne nommer que lui, puisque ses auxiliaires veulent demeurer anonymes. Cela ne nous empêche pas de les connaître et de rendre justice au soin avec lequel tout a été préparé, prévu, organisé ; nous avons trouvé le couvert dressé, nous n'avons eu qu'à nous asseoir à la table pour participer au banquet.

[1] Victor GIRAUD, *Anticléricalisme et catholicisme*. (*Revue des Deux-Mondes*, 15 avril 1906.)

J'ai hâte de céder la parole à Mme la baronne de Montenach, qui veut bien nous servir le dessert, après quoi, Son Eminence daignera nous dire les grâces, comme Elle nous a dit avant-hier le *benedicite* qui a porté bonheur à ce modeste et laborieux Congrès. (*Applaudissements prolongés.*)

Discours de Mme de Montenach, vice-présidente internationale.

ÉMINENCE,

MESDAMES, MESSIEURS,

Avant toute chose, je dois apporter au Comité national français, au Comité de Bordeaux et à sa zélée Présidente, à cette assemblée tout entière les salutations et les vœux du Bureau international.

C'est avec une grande satisfaction qu'il a vu le Congrès national français de notre Association coïncider avec l'Exposition maritime, c'est avec un vif intérêt qu'il en a suivi les préparatifs.

Pour ma part, sachant quelle habile organisatrice vous possédez en Mme Samazeuilh, j'étais certaine de trouver en venant ici un programme riche et intéressant, un plan d'études bien tracé.

Ce que j'ai vu et entendu depuis deux jours est venu me donner la preuve que je ne me trompais pas et mes prévisions sont dépassées.

C'est aussi grâce à Mme Samazeuilh, sans doute, que notre Association doit le grand honneur qui vient de lui être fait par le Jury de l'Exposition maritime qui a bien voulu nous accorder un grand Prix. Cet événement sera donc pour toujours un lien, entre nous et la ville de Bordeaux, dont le nom figurera désormais dans toutes nos publications.

Ce m'est une joie de voir grandir et rayonner, s'étendre davantage d'année en année et pour ainsi dire de mois en mois, l'arbuste protecteur aux feuilles jaunes et blanches que nous avons planté il y a quelque dix ans, sur ce sol de France qui m'est si cher, et qui est pourtant secoué par tant de tempêtes.

Depuis des années, on n'a cessé de nous dire : « Votre Œuvre ne réussira pas en France ; les catholiques ont d'autres soucis, les gens sont fatigués de donner, il n'y a plus d'argent pour les œuvres, jamais les institutions françaises n'accepteront votre tutelle et ne voudront aliéner leur indépendance pour entrer dans une Fédération. »

Que ne nous a-t-on pas dit ?

« Votre Œuvre est trop catholique, elle n'est pas assez religieuse, les Français craignent les organisations internationales. »

Oui, Mesdames et Messieurs, sur notre route, et comme à plaisir, on a semé tout ce qui pouvait ralentir notre marche, l'arrêter même et nous décourager ; et cependant, nous avons passé quand même, et avec nous, Mesdames, qui représentez ici tant de Comités régionaux, tant d'institutions vivantes, vous avez passé !

Ne nous plaignons pas de ces entraves ; elles sont une pierre de touche nécessaire qui éprouve les œuvres et fait abandonner les initiatives téméraires et intempestives, tandis qu'au contraire, elles fortifient et stimulent celles qui répondent à un besoin justifié, celles qui sont dans les vues de la Providence.

Quant à moi, j'ai toujours eu pleine confiance ; je savais bien, j'étais certaine que la branche française de notre Association catholique internationale serait vite une des plus vigoureuses, une des plus chargées de fruits, et je savais, d'autre part, qu'il y a dans l'âme française, à un plus haut degré que partout ailleurs, le culte de la femme malheureuse, de la jeune fille isolée, que, malgré tout, et sous des apparences qui ne sauraient me tromper, puisque je vous appartiens par ma naissance et par mon sang, c'est encore en France que l'esprit chevaleresque qui est, on peut bien le dire, la plus belle fleur qui ait paré notre humanité, garde encore sa force et ses traditions.

Oui, Mesdames et Messieurs, notre Œuvre est une Œuvre de chevalerie ; les preux d'autrefois enfonçaient les portes des manoirs enchantés où gémissaient les princesses pleurantes, ils détruisaient les ogres ravisseurs de l'enfance, ils livraient d'épiques combats aux géants, aux dragons, aux nains de la montagne.

Nous faisons tout cela ! Nous pénétrons dans ces manoirs enchantés où le vice retient par tant de chaînes les malheureuses qui y sont confinées ; nous poursuivons l'ogre qu'on ne voit pas et qui est partout tapi, au coin de toutes les rues, à la porte de tous les hôtels, dans les gares et dans les wagons épiant la jeune fille qu'il veut dévorer.

Nous poursuivons le monstre qui enferme dans ses usines, comme dans une caverne, la jeunesse ouvrière et lui fait suer de l'or par tous les pores de son être qu'elle ploie, brise et corrompt.

Comme le chevalier servant d'autrefois, notre Œuvre accompagne les voyageuses, elle leur aide à traverser les chemins pleins d'embûches, elle les conduit au port.

Les chevaliers portaient à leur cimier et à leurs écharpes les couleurs de leurs dames ; nous avons fait de même et sur nos poitrines et nos épaules, nous avons placé ces rubans et ces insignes jaunes et blancs qui crient à chaque jeune fille qui passe et qui les voit : « Aide et Protection, Sécurité, Salut ! »

Sous une forme moderne, nous avons donc reconstitué quelque

chose de cette ancienne chevalerie, dont je parlais tout à l'heure, qui, elle aussi, était internationale et ne se laissait point arrêter dans ses exploits par les frontières des royaumes. (*Applaudissements.*)

La fidélité au suzerain légitime ne l'empêchait point d'être fidèle avant tout à la chrétienté, qui alors était un mot ayant une signification politique et sociale.

Nous aussi, en élargissant notre organisation à tous les pays, au monde entier, nous avons voulu refaire, en quelque sorte, une chrétienté ; que la jeune fille soit partout chez elle, sous l'abri protecteur du réseau aux mailles serrées que nous avons tendu.

Je vous parlais, tout à l'heure, des difficultés qu'il a fallu vaincre, des préjugés qu'il a fallu surmonter pour mettre debout la grande entreprise d'assistance sociale et chrétienne que nous avons réalisée.

Deux choses manquent presque partout à notre époque, c'est le sens social et le sens catholique.

Le sens social qui nous rend conscients de la répercussion de nos actes sur la collectivité, qui nous rend conscients de nos devoirs envers cette collectivité.

Le sens catholique qui nous montre en dehors et au-dessus de notre dévouement à l'Eglise et de la grande œuvre de notre salut personnel, l'œuvre plus grande encore du salut de la société.

Le sens catholique qui, ressuscitant en nous le sentiment aboli de l'ancienne chrétienté, nous fait réaliser sur le terrain moderne, malgré les frontières, l'entente fraternelle de tous les enfants de l'Eglise !

C'est au manque de sens social que nous devons d'assister à l'incohérent spectacle que nous donnent tant de personnes charitables, empressées à secourir les pauvres, les malades et les orphelins, et complètement incapables d'intérêt et de justice pour les serviteurs qui les entourent, les ouvrières qu'elles emploient, pour les fournisseurs qu'elles encouragent dans toutes les exploitations.

Complètement ignorantes de toutes les lois de la solidarité économique, elles sont les complices inconscientes de toute la désorganisation sur laquelle elles gémissent par ailleurs.

C'est le manque de sens catholique qui fait que tant d'âmes dévotes remplissent les églises de prières ferventes, tout en tolérant la violation de toutes les lois divines dans leur famille et leur maison.

Elles font de leur piété un coffret fermé qui ne s'ouvre que pour elles seules, alors qu'elles devraient être une flamme dévorante, embrasant tout autour d'elles.

Prise à ces hauteurs, notre Association est une grande école de formation et de rapprochement.

Par le jeu de ses différents services, elle unit les classes, si malheureusement séparées les unes des autres ; elle nous révèle quels méfaits inconscients nous commettons tous et tous les jours à l'égard de nos semblables et nous donne le moyen de les réparer ; elle rend l'accomplissement du devoir social et du devoir chrétien possible à tous dans une petite ou dans une large mesure à leur choix.

En fondant l'Association catholique internationale des Œuvres de Protection de la jeune fille, nous avons eu comme intention dominante, non pas l'établissement d'œuvres précises vouées au service de nos protégées ou à tel ou tel de leurs besoins ; nous avons voulu surtout réunir, concentrer, coordonner des efforts qui, à l'état isolé, gaspillaient presque sans profit des énergies et des bonnes volontés en grand nombre.

Nous n'avons pas voulu devenir une Œuvre de Protection de la jeune fille ajoutée à tant d'autres, mais une Fédération, une Ligue de toutes les œuvres de protection déjà existantes.

C'est là une différence essentielle qu'on ne fait pas assez dans les milieux catholiques, et, faute d'avoir la claire vision du but que nous nous sommes tracé, beaucoup d'œuvres qui devraient venir à nous, nous demeurent encore étrangères.

N'est-il pas triste de constater que des institutions catholiques fondées dans la même ville, pour le même but et qui pourraient souvent se prêter un concours précieux s'ignorent entre elles et, poursuivant chacune isolément leur route, se contentent d'agir dans un petit rayon étroit et borné, alors qu'elles pourraient, en élargissant leurs vues et en s'entendant entre elles, devenir, dans la cité tout entière, un véritable levier du bien public.

En entrant dans notre Association fédérative, dans notre grand organisme national et international, les Œuvres féminines, cercles, patronages, syndicats, congrégations, etc., etc., sont immédiatement mises en contact avec les œuvres similaires du monde entier, et ont droit d'attendre d'elles tous les services prévus par nos statuts, à charge de réciprocité. Tenues au courant de ce qui se fait ailleurs, elles sont sans cesse stimulées par les progrès généraux, elles ont elles-mêmes le droit d'élever la voix, de faire des propositions, de déposer des vœux, de solliciter des décisions en faveur de la classe ouvrière dont elles s'occupent.

L'Œuvre locale qui entre dans nos rangs, sans doute, non pas seulement d'une manière plus ou moins platonique, mais avec la volonté de profiter des avantages que nous lui offrons, est immédiatement transformée dans ses conceptions, dans sa vitalité, dans ses résultats, et cela s'explique puisque l'Association catholique internationale des Œuvres de Protection de la jeune fille rayonne maintenant dans l'univers entier, qu'elle a des comités, des correspondants dans toutes les localités importantes ; partout, d'un bout du monde à l'autre, ses couleurs jaune et blanche sont connues et celles qui les arborent sont partout traitées en amies et en alliées.

Il est essentiel d'ajouter ici que toutes les institutions qui acceptent d'entrer dans notre Fédération gardent leur complète indépendance, leur pleine autonomie ; elles demeurent libres de se diriger à leur guise. Nous ne leur imposons aucun règlement nouveau ; tout ce que nous leur demandons, c'est un échange de services librement consentis et strictement limités.

Cette autonomie s'étend à tous les groupements nationaux dans les mêmes conditions. Chaque peuple a ses besoins, ses mœurs, ses traditions, et loin de vouloir contrarier le développement légitime des aspirations nationales dans le domaine même de notre action, nous l'encourageons plutôt, ayant tout à gagner à augmenter les moyens originaux par où peut s'exercer notre apostolat.

Sans vouloir dissimuler ni amoindrir les lacunes actuelles de notre organisation qui sont encore nombreuses, nous pouvons dire, et on doit reconnaître, qu'il a suffi de la créer pour modifier, presque totalement, toute la physionomie de l'apostolat féminin, pour décupler sa puissance de rayonnement, pour appeler à la vie une foule d'institutions qui n'auraient jamais vu le jour, pour assurer à des œuvres qui végétaient la pleine possession de leur but, pour rendre tangible enfin, à la foule immense et anonyme, des dévouements qu'elle ne soupçonnait pas.

Car, Mesdames et Messieurs, et il ne faut point se lasser de le répéter, la plupart des éléments qui, en se soudant les uns aux autres, sont venus constituer notre Association, existaient avant elle, à l'état fragmentaire. Partout il y avait des bonnes dames qui plaçaient des jeunes filles, partout il y avait des maisons religieuses qui les accueillaient, mais chacun de ces petits centres d'action protectrice vivait enveloppé dans son horizon local, étroit et borné.

Ces dévouements particuliers faisaient un bien relatif à quelques jeunes filles : maintenant qu'ils sont groupés, coalisés, ils en assistent d'une manière réelle et efficace des milliers !

En effet, plus de 250,000 jeunes filles profitent par an de nos services.

Nous avons donc fourni une démonstration remarquable et éclatante de ce vieux proverbe que les catholiques ne méditent pas toujours assez : « L'union fait la force. »

Nous avons mis en pratique cette vieille devise des anciens Suisses : *Un pour tous, tous pour un.*

Un pour tous ; c'est-à-dire que chaque œuvre locale, que chaque institution particulière peut, par notre système de canalisation, entrer en contact avec toutes les autres œuvres du monde entier et leur apporter à un moment précis sa collaboration indispensable.

Tous pour un, car par réciprocité nos comités les plus éloignés et les plus forts sont mis au service de la correspondante du plus humble des villages, qui a droit à leurs avis, à leurs renseignements, à leurs démarches. (*Applaudissements.*)

On dit parfois : « L'Œuvre de la Protection de la jeune fille ne peut intéresser que les grands centres. »

Quelle erreur, Mesdames, quelle lamentable erreur !

Il n'est pas un village de France, fût-il le plus obscur et le plus perdu de tous, qui n'ait dans l'année à saluer tristement le départ d'une de ses jeunes enfants, qui s'en va, l'œil embrumé d'illusions dangereuses, vers l'inconnu redoutable.

Si nos services étaient compris, si le clergé voulait plus complètement les seconder, si nous avions partout une correspondante, il n'y a pas une de ces jeunes filles, je dis pas *une,* qui ne serait mise en mesure de profiter de notre protection.

Tandis qu'au contraire, c'est par milliers que les jeunes filles catholiques, appartenant à des familles catholiques, sont jetées dans les usines lointaines, dans les faubourgs des cités populeuses, dans les paquebots qui franchissent les mers sans que personne leur ait dit que nos bras et nos cœurs leur étaient ouverts !

Par milliers, elles encombrent, ces catholiques, les maisons que le zèle et la charité protestante ont partout élevées pour les recevoir et puisqu'elles ne viennent pas à nous, il faut s'estimer encore bien heureux qu'elles soient mises par d'autres à l'abri du vice et de l'exploitation.

Pour faire cesser un état de choses si funeste, je fais appel à tous les curés de France, à toutes les femmes, à toutes les œuvres, pour leur demander de nous seconder davantage, de grossir les rangs de nos adeptes et de nos affiliés.

Parmi les Sociétés de tous genres qui, à un titre quelconque, s'occupent de la jeune fille, de la femme isolée, de l'enfant, il en est un grand nombre qui, pour une raison ou pour une autre, n'ont point encore de relations avec nous ; je les adjure de nous apporter leur concours. Elles verront que notre joug est léger et qu'il ne se traduit que par un échange de services.

Mais nous n'avons pas besoin seulement des Œuvres, il nous est encore nécessaire de réunir une forte armée d'individus isolés, qui, sous le titre de correspondantes, fassent pénétrer notre protection dans les milieux, dans les localités où aucune œuvre, aucun comité ne saurait vivre.

C'est à cette seconde partie de notre tâche qu'il faudrait, me semble-t-il, vouer en France une attention plus soutenue. C'est l'affaire des comités de zones, des comités régionaux.

Il faut que, méthodiquement, ils implantent, dans les lieux qui sont de leur ressort, une correspondante attitrée, sur les services de laquelle on puisse compter en cas de besoin.

Le nombre de ceux qui peuvent entrer pratiquement dans notre organisation, si grand soit-il, est forcément limité ; mais ce qui est sans limites, c'est le concours que tous les catholiques peuvent nous apporter, quelle que soit la classe sociale à laquelle ils appartiennent.

Les gens riches et généreux sont nombreux en France, ils devraient nous inscrire dans leur budget. Facilement, leurs bourses s'ouvrent pour soulager le malheur individuel, l'indigence qui les côtoient ; ils ne comprennent pas encore qu'avec ce même argent ils soulageraient dix fois plus de misères sociales en faisant prospérer une grande institution comme la nôtre, qui, faute de ressources, n'a pas encore pu mettre en valeur tous les moyens d'action dont elle dispose.

Je le disais l'an dernier au Congrès de Paris : Chose curieuse, on comprend très bien quand il s'agit de fonder et de doter un orphelinat, un hôpital, un asile, qu'il faut des bâtiments, qu'il faut des employés payés, qu'il faut des services permanents de tout genre, parfaitement établis et d'un fonctionnement assuré. L'inépuisable charité catholique sait suffire à tout ; elle élève pour les déshérités des édifices merveilleux et elle dépense parfois un million (le cas s'est produit) pour héberger cinq religieuses et dix vieillards impotents.

Mais s'agit-il d'œuvres sociales positives, de celles qui, par un développement régulier, encadreraient les forces vives d'un pays, de celles qui groupent les ouvriers, qui défendent les intérêts professionnels,... le tableau change... il n'y a plus personne !

Pour elles, le Pactole est tari, les bourses sont fermées, et c'est par des prodiges d'abnégation que nos œuvres sociales vivent, sans jamais avoir à leur disposition des ressources suffisantes pour pouvoir accomplir réellement leur programme.

Je me contenterai d'esquisser à très grands traits, maintenant, l'organisation de notre Association internationale, son histoire et son programme, car ces renseignements sont imprimés dans une foule de brochures et de comptes-rendus qu'il vous sera facile de vous procurer, et que vous vous procurerez si j'ai réussi par mes paroles à allumer dans vos cœurs le désir de nous connaître et de nous aider.

Fondée en Suisse, par un Congrès international auquel assistaient huit évêques, notre organisation a maintenu dans ce pays son siège officiel, son centre permanent. Il importait de le placer dans un pays neutre, étranger aux compétitions nationales. La ville de Fribourg a été choisie, parce qu'elle est un centre de vie catholique, parce qu'elle jouit d'un gouvernement bien disposé, parce que, située au centre de l'Europe, elle est d'un accès facile, parce qu'enfin les langues et les civilisations germaniques et latines s'y rencontrent et y fusionnent.

Tous les trois ans, un Congrès international réuni tantôt sur un point de l'Europe, tantôt sur un autre, nous sert de régulateur et de magister suprême.

C'est lui qui nomme le Conseil international permanent qui constitue en quelque sorte notre Assemblée législative.

La France a droit, d'après le nombre des Œuvres qui nous sont affiliées, à 10 représentants dans ce Conseil.

Le pouvoir exécutif est entre les mains d'un bureau central siégeant à Fribourg, qui a lui-même à son service un secrétariat permanent doté de tous les rouages nécessaires.

Tout cela paraît être une grande machine bien difficile à mettre en mouvement ; elle marche cependant parfaitement et cela prouve que sur un autre terrain que celui de la Protection de la jeune fille, les catholiques, si fractionnés, pourraient mieux combiner leurs efforts pour se mesurer avec des adversaires qui tous, quel que soit le drapeau qu'ils arborent, luttent contre l'Eglise sur le terrain international.

L'Association a pour insigne les couleurs jaune et blanche dont elle cherche à populariser la signification en les répétant partout ; elle a comme organe un *Bulletin* mensuel, qu'il faudrait pouvoir développer.

Chaque pays s'organise un peu d'après ses traditions ; dans les uns, la direction est centralisée ; dans les autres, elle est diocésaine ; nous nous efforçons de doter chacun d'eux d'un Comité national et d'un Secrétariat, cheville ouvrière indispensable qui nous sert de courroie de transmission.

Les neuf principales nations d'Europe sont normalement organisées ainsi que la République-Argentine.

Les œuvres locales que nous avons groupées et qui dépendent soit de leurs centres nationaux, soit directement du Comité de Fribourg, s'élèvent à près de 2,000. Leurs adresses figurent dans un *Annuaire* qui est l'outil matériel de nos relations.

Nos principaux services sont :

Les Bureaux de placement ;

Les *Homes* ou maisons d'accueil pour servantes, ouvrières, institutrices, demoiselles de magasins et employées ;

L'Œuvre des arrivantes aux gares ;

L'Œuvre des paquebots ;

La protection des émigrantes ;

Les Patronages ;

Les cours du soir ;

L'enseignement ménager et professionnel ;

Les cercles d'études pour jeunes filles ;

Les restaurants féminins populaires ;

Les Mutualités féminines, etc., etc.

Nous avons encore établi un service de *homes* itinérants pour les fêtes, les expositions et autres circonstances qui groupent momentanément dans une localité des jeunes filles venues de partout : par exemple, l'an dernier, à Milan, nous avons hébergé journellement dans une maison spéciale environ 200 femmes employées à l'Exposition pendant toute la durée de cette dernière.

Je ne puis pas vous donner ici de chiffres autres que ceux qui ont été contrôlés par notre dernier Congrès international, l'an passé.

En évaluant à 200,000 le nombre des jeunes filles qui ont passé dans nos bureaux de placement, je reste fort au-dessous de la réalité, car en Suisse seulement, le nombre se monte à 40,000 pour l'exercice 1905.

60,000 jeunes filles dont le passage a été contrôlé ont été assistées par nos missions de gares ; celle de Turin, l'an dernier, a enregistré 1,270 personnes aidées par notre agente.

La statistique des journées des *homes* n'a point été faite ; elle arriverait à un total très élevé, car certaines de nos maisons de famille ont compté 3,000 journées par an.

Avant de terminer ce rapport, je voudrais saluer cette ville de Bordeaux, cité puissante, cité féconde du travail et du progrès qui, par ses relations avec le monde entier, et spécialement avec l'Amérique, peut prendre pour le développement de notre Œuvre dans les pays d'outre-mer une si grande importance.

Je désirerais vivement que votre Comité continuât à vouer à cette partie de sa tâche un intérêt spécial. En Suisse, on est loin de la mer ; vous la touchez, Mesdames, et par elle vous pourrez porter les bienfaits de notre organisation non seulement aux Colonies françaises où elle serait si nécessaire, mais encore à d'autres nations que nous n'avons que superficiellement atteintes.

Il s'agit pour vous d'un intérêt national, car il est grand le nombre des Françaises qui s'expatrient. La Société allemande de Saint-Raphaël a contrôlé l'an dernier l'arrivée à New-York de 10,379 Françaises.

Comment se fait-il que vous n'ayez pas, à l'instar de l'Italie et de l'Allemagne, une Société spéciale de protection pour les émigrantes, qui, tout en nous étant affiliée en ce qui concerne les femmes, s'occuperait également des hommes et les suivrait ?

Le Comité national français de notre Œuvre devrait s'entendre avec les grandes Associations catholiques capables de s'intéresser à cette question vitale.

Vous avez une Société antiesclavagiste pour sauver les Noirs, ayez aussi une Société antiesclavagiste pour sauver des Françaises et des Français.

En 1904, on a bien fondé en France une Association qui a pour but de surveiller l'émigration féminine dans les Colonies françaises. La secrétaire générale de cette institution, Mme Pégard, a été secondée dans ses efforts par Mme Chailley-Bert, secrétaire générale de l'Union coloniale française.

Au moment de la fondation de l'Œuvre, on voyait à sa tête, à Alger, Mme Cambon ; en Tunisie, Mme Millet ; en Indo-Chine, Mme Doumer ; en Nouvelle-Calédonie, Mme Feillet. Cette institution de patronage ne fait pas beaucoup de bruit, mais elle agit, et les noms que je viens de citer vous prouvent que l'appui du monde officiel lui est largement assuré.

Elle place ses protégées dans une foule d'administrations coloniales subalternes ; les Comités coloniaux de l'Œuvre signalent régulièrement à Paris les emplois vacants. Quand une situation offerte est acceptée, la Société d'émigration veille au départ et à l'embarquement de la titulaire. Celle-ci, à son arrivée à destination, est reçue par les délégués du Comité colonial qui lui aplanissent toutes les difficultés des premiers jours et lui procurent, si cela est nécessaire, un asile temporaire. Les délégués du Comité la mettent en possession de sa place, lui facilitent les débuts, restent ses amis et l'assistent dans les cas de rapatriement.

A côté de cette organisation, il y a place pour une autre qui relèverait de nous et je voudrais que ce congrès de Bordeaux soit le point de départ de la création de Comités coloniaux rattachés au Comité national.

L'Œuvre de Protection de la jeune fille, orientée d'après les besoins, rendrait dans toutes les contrées lointaines où flotte le Pavillon français, d'incalculables services. Bien comprise et bien menée, elle comblerait certaines des lacunes effroyables qui se sont produites un peu partout, dans les Frances lointaines depuis que la loi de séparation y est entrée dans sa période d'application.

Je vous demande, Mesdames, d'envisager, d'accomplir une tâche immense dont je ne me dissimule aucune des difficultés, mais dont je vois aussi les magnifiques résultats.

Si grande soit-elle, cette tâche, elle n'est pas au-dessus de vos dévouements !

Ce m'est une joie et un réconfort de retrouver ici, dans la personne de M. Louis Rivière, un ami dévoué de la première heure : il se souviendra avec moi de ce jour brumeux où, à Londres, je lui parlais pour la première fois de notre organisation naissante. Certes, si elle a prospéré en France, nous le devons en bonne partie à ses conseils et à son appui.

EMINENCE,

Je suis chargée de déposer aux pieds de Votre Eminence les hommages respectueux du Comité international et l'expression de sa gratitude.

Votre présence dans cette assemblée lui donne toute sa portée et toute sa signification. Notre Association est une Association catholique qui veut rester étroitement unie à l'Autorité ecclésiastique et qui lui demeure absolument dévouée.

Nous espérons que Votre Eminence voudra bien étendre à l'Association catholique internationale des Œuvres pour la Protection de la jeune fille tout entière la bienveillance et la sollicitude qu'Elle daigne accorder au Comité de Bordeaux.

Son patronage se joindra à celui de plusieurs de ses éminentissimes Collègues.

Il y a six ans, un seul cardinal faisait partie de notre Ligue, et il en faisait même partie d'une manière active puisqu'il avait présidé lui-même à la fondation d'un de nos Comités, aux travaux duquel il participait même souvent comme en témoignent certaines lettres précieusement conservées dans nos archives.

Ce cardinal est aujourd'hui Notre Très Saint-Père le Pape Pie X.

Unissez, Eminence, vos bénédictions aux siennes pour que nos Œuvres prospèrent et fleurissent, pour qu'elles rayonnent, pour qu'elles contribuent, dans leur sphère d'action, à amener en ce monde le règne social de Notre-Seigneur Jésus-Christ qui lui donnera l'ordre, la justice et la paix. (*Longs et unanimes applaudissements.*)

Discours de Son Éminence le Cardinal Lecot.

Que dire, Mesdames, Messieurs, que dire à ma place, après tout ce que vous venez d'entendre ?

Je suis convaincu que ce n'est pas sans une émotion réelle que vous avez suivi tout à l'heure et successivement pris connaissance de tous les détails de cette Œuvre, que vous donnait dans sa langue si précise, si nette, si claire, M. le président Rivière, et que surtout vous venez d'entrer dans les détails de cette Œuvre, dans sa vie réelle, dans sa vie profonde et complètement sociale, en entendant le rapport de Mme la baronne de Montenach.

Lorsque je suivais les détails de ce rapport si intéressant, de cette accumulation d'œuvres qu'elle daignait nous présenter tout à l'heure d'une façon si touchante, si sentimentale et si énergique, par moments il me semblait revoir cette sœur voisine que nous appelons la Suisse, la voir se lever tout entière, venir saluer la France dans sa partie catholique au moins, et venir par l'organe d'une de celles qui portent le mieux la parole et le sentiment chrétien, dire à la France : « Jamais nous ne vous oublierons et nous vous avons placée au premier rang des œuvres sociales et des œuvres religieuses auxquelles nous voulons donner notre complet concours. »

Vous avez entendu cette parole et, parmi tous les titres que Mme de Montenach signalait tout à l'heure au choix de la ville de Fribourg comme centre de l'Œuvre dont nous nous occupons, elle en a oublié un ; ce titre, c'est qu'elle est une habitante de ce noble pays, et que c'est par conséquent par elle que ce feu, ce rayonnement de la charité à l'occasion de la Protection de la jeune fille s'est étendu jusqu'à nous.

C'est donc un remerciement tout particulier, Madame la baronne, que je dépose à vos pieds au nom du clergé français, et au nom des dames qui prennent part à cette grande Œuvre de la Protection de la jeune fille, au nom, je puis le dire, de la France tout entière. (*Bravos ! Applaudissements.*)

Que vous dire après cet amoncellement d'œuvres que tout à l'heure vous présentait M. le président Rivière? Si vous les repassez l'une après l'autre, si vous cherchez successivement tous les détails de cette Œuvre qui cherche encore à s'étendre et qui s'étendra par la protection particulière de Dieu, certainement vous trouverez là le germe des sentiments les plus profonds de l'âme humaine ; vous y trouverez surtout le développement de ce qu'un cœur généreux peut inventer pour le salut d'une caste, d'une catégorie de personnes, pour le salut de la jeune fille en particulier.

Lorsque, tout à l'heure, vous entendiez le récit de cette formation qui a été laborieuse au début, comme toutes les œuvres qui veulent grandir et faire un bien réel, lorsque vous suiviez dans tous ses détails cette œuvre pleine de charité, mais en même temps animée de l'esprit social qui la maintiendra et qui la fera une œuvre vraiment utile et vraiment grande, assurément vous vous disiez : « Il y a quelque chose au fond de cette pieuse entreprise. »

A côté de nous, une Exposition merveilleuse est établie ; on la visite en grand nombre, il y a des admirateurs de tout genre, et on a vu ce que peut l'industrie humaine, ce que peut l'art humain dans ses expansions ; on a admiré là tout ce que peut faire en général l'esprit humain à la recherche des vérités plus ou moins fécondes de l'industrie. On y a même vu quelques œuvres morales, mais à peine. C'est à peine si on les a aperçues ; mais on en a vu assurément, puisque votre Société, cette Association de la Protection de la jeune fille, a obtenu un des prix glorieux de cette Exposition.

Mais qu'est-ce que c'est, en définitive, que ce travail qui s'opère dans cette Exposition digne de toute notre admiration, car je puis aller jusque-là, mais digne dans tous les cas de notre estime et de toutes nos sympathies ? Que se fait-il là ? On travaille dans le monde matériel, car je ne puis pas compter les œuvres morales décrites en passant. Qu'est-ce qu'on fait ? Eh bien ! on est dans le terre-à-terre des choses matérielles, on s'occupe des intérêts de ce monde (et on a bien raison de s'en occuper), on cherche les meilleurs moyens d'établir des relations particulières avec les pays voisins et d'entrer en rapport avec eux ; on emploie tous les moyens possibles pour propager le commerce et l'industrie.

C'est bien, tout cela est bien. Mais, voyez la différence : Nous voici dans un petit local fort modeste, nous sommes réunis ici en nombre assez restreint. Eh bien ! cependant, dans ce petit local, il s'opère une grande œuvre qui sera infiniment plus utile que toutes les œuvres dont il a pu être question jusqu'ici.

Quoi donc ? Qu'est-ce que nous venons faire ici ? Demandez-le à M. Rivière, demandez-le à M\ me la baronne de Montenach.

Qu'est-ce que nous venons faire ici ? Nous venons nous placer sur un terrain tout particulier ; nous avons élevé le sol, la pluie nous faisait mal, nous avons voulu nous élever au-dessus, et nous voilà un peu plus haut et maintenant nous dominons. Et où sommes-nous, dans la sphère des idées ? Oui, c'est quelque chose la sphère des idées, mais nous sommes mieux que cela, nous sommes dans la sphère des sentiments nobles, généreux que nous avons entendu exprimer tout à l'heure et qui ont si heureusement contribué à l'émotion de nos âmes. Nous sommes sur un terrain particulier où on trouve à la fois toutes les satisfactions de la conscience, toutes les générosités du cœur et aussi toutes les assurances et toutes les garanties que Dieu peut donner à la vertu de la femme chrétienne. Voilà le terrain sur lequel nous sommes placés.

Eh bien ! je vous le demande, est-ce que nous resterons insensibles aux œuvres qui se font autour de nous, sur ce terrain ? Je vois ici un certain nombre de prêtres, de mes collègues, dans le cœur desquels je sens battre quelque chose du mien. Il me semble que c'est avec un grand bonheur qu'ils apporteront leur pierre à cet édifice moral que nous voulons élever pour la Protection de la jeune fille. Ils sentiront qu'il y a un très haut intérêt familial — je glane un peu parmi toutes les choses que m'ont laissées Mme la baronne de Montenach et M. Rivière, et c'est peut-être le seul côté qui n'ait pas été envisagé — je glane, et je vous parle du grand intérêt familial que peut avoir cette Œuvre.

Entrez dans une de ces pauvres familles ou dans une de ces familles moyennes, dans lesquelles se trouve la jeune fille dont l'avenir n'est pas fixé. Elle est instruite ou elle ne l'est pas ; il faut lui ouvrir une maison hospitalière qui lui tracera la voie dans laquelle elle devra s'engager. Il est impossible de dire maintenant ce que sera son avenir. Sera-ce l'avenir isolé de la jeune fille ? Sera-ce l'avenir bruyant du foyer ? nous n'en savons rien encore, mais nous le saurons plus tard. Dans tous les cas, entrons dans cette famille : Je vois des parents préoccupés, le père et la mère ont un cœur qui bat ensemble, d'une façon commune à l'endroit de leur jeune fille ; ils se demandent ce qu'elle deviendra un jour.

Si le père et la mère sont abandonnés à eux-mêmes, s'ils ne trouvent pas quelque part un renseignement, une lumière, une protection, il est très difficile pour eux de faire autre chose que laisser leur enfant à l'aventure, laisser leur jeune fille errer où il plaira, je ne dirai pas à la Providence; mais au hasard, de l'appeler ; et souvent, vous le savez, dans des conditions pareilles, ce n'est pas à la bonne porte qu'on ira frapper toujours ; il est possible qu'on frappe à la mauvaise porte, à la porte même des hommes honnêtes mais antireligieux, qui au fond ne possèdent rien de ce qui doit faire la garantie de l'homme religieux et fidèle à la vertu.

Voici des parents laissant partir leur enfant au hasard ; elle a pris le chemin de fer; elle est allée dans une maison inconnue, elle a trouvé des visages qui n'ont rien autre chose que le visage de l'homme ou de la femme intéressée à posséder une enfant à leur service, à un titre quelconque, et c'est tout : pas de garantie autrement.

Voilà donc ces pauvres parents dans l'isolement le plus complet, et leur enfant isolée, à peine en relations avec eux, n'ayant souvent à raconter à son père et à sa mère, quand elle leur envoie une de ces lettres qui devraient être si touchantes et si expansives, n'ayant souvent à leur raconter que des choses pénibles, que des craintes, que, hélas ! peut-être des erreurs, dans lesquelles elle a déjà été entraînée et où, il semble, va bientôt sombrer sa triste vertu.

Et voilà ce qui arrive : les parents sont inquiets du mal possible, et si jamais il arrive un jour que dans une famille honnête une jeune fille ait oublié son devoir, je vous le demande, quelle situation pour ce père et pour cette mère ? Ils appréciaient la vertu de leur enfant, ils l'avaient élevée dans des conditions profondément chrétiennes, religieuses, et ils avaient cru déposer dans son âme ce germe de la foi qui ne périt pas, et à l'aide duquel ils espéraient la sauver de tous les dangers qu'elle devait courir dans la vie.

Entrez dans cette famille, chez ces parents désolés, et voyez si ce deuil qu'on perte de la vertu d'une enfant parce qu'on sait qu'elle a oublié les commandements de son Dieu, de son père et de sa mère, les traditions de sa famille, voyez si ce deuil n'est pas plus lamentable que la mort même de cette enfant séparée de ceux qu'elle aime.

Il y a donc, comme vous le voyez, un grand intérêt familial à ce que l'Œuvre de la Protection de la jeune fille devienne une Œuvre sérieuse, une Œuvre s'étendant de plus en plus tous les jours, une Œuvre groupant pour ainsi dire toutes les bonnes volontés, puisque toutes sont appelées à y concourir ; oui, groupant toutes les bonnes volontés pour chercher à les unir dans ce faisceau glorieux qu'on peut appeler le faisceau de la charité, mais qu'on appellerait mieux peut-être le faisceau de l'apostolat chrétien en faveur de la jeune fille.

Il me semble que quand on a mieux envisagé un point comme celui-là, si sérieux, si plein de conséquences, lorsqu'on a vu les résultats que peut porter dans la famille la conservation de la vertu de la jeune fille, ou au contraire la perte de cette vertu, il n'est pas possible de rester indifférent.

Nous voilà donc, mes chers Messieurs, car c'est à vous que je m'adresse particulièrement, nous voilà donc en face de ce grand problème social et ce problème, vous savez bien qu'on ne le résout jamais sans l'intervention de la Puissance divine.

Il est bon, sans doute, de chercher des remèdes humains à des situations humaines, mais il est évident aussi que si nous nous passons de Dieu, jamais nous ne maintiendrons cette Œuvre de la Protection de la jeune fille au rang qu'elle doit occuper ; jamais nous ne conserverons à son niveau de bonne et fervente chrétienne la jeune fille à laquelle nous aurons assuré notre protection et notre bienveillance.

Il est donc bien important que nous nous fassions des apôtres de cette belle et grande idée et puisque nous tenons toujours un peu par nos traditions françaises à cette Suisse qui a laissé des pages si glorieuses dans notre Histoire, il est bon que nous nous souvenions de Fribourg, devenue la ville savante depuis quelques années, et toujours la ville charitable, parce qu'elle est la ville chrétienne, devenue la ville généreuse qui a étendu partout les bienfaits de son action sur la jeune fille. Il est bon que nous nous la rappelions et que nous prenions la résolution d'aider cette Œuvre tant que nous le pourrons, par le concours que demandait tout à l'heure de nous Mme de Montenach, et que nous promettions de faire tout ce qui nous sera possible, dans le sens de l'apostolat chrétien, pour la conservation des bons sentiments de la jeune fille.

Quel bonheur, quand on a groupé un certain nombre de jeunes filles comme nous les voyions il y a deux jours, heureuses de se trouver ici, dans cette maison, dans une maison sûre, heureuses de recevoir la bénédiction de l'évêque du diocèse, heureuses de se sentir avec des compagnes qui sont véritablement pour elles des amies ! Quel bonheur de se trouver dans cette situation et de reconnaître qu'on n'est pas un étranger parce qu'on a quitté son pays, mais qu'on a retrouvé partout des compagnes, des amies et mieux que cela, des sœurs.

Voilà ce que nous avons constaté il y a deux jours, voilà ce que nous pouvons constater toujours et toujours en nombre croissant, si nous voulons nous déterminer à travailler d'une manière sérieuse à cette Œuvre.

Je voudrais que tout ce qui vous a été dit tout à l'heure, tous les détails qui vous ont été communiqués puissent passer un jour sous vos yeux ; ils y passeront si vous le voulez bien parce qu'il y aura un Rapport général sur toutes les œuvres qui ont été faites dans ce congrès.

Je suis convaincu que lorsque vous aurez lu ces choses, vous vous direz dans le fond de votre âme : il y a quelque chose à faire dans l'intérêt de ces jeunes filles obligées de quitter leur pays, devenues des orphelines parce qu'elles ne peuvent pas trouver le pain nécessaire à leur vie dans la famille ; je suis convaincu que quand vous vous serez bien mis en face de ce spectacle de misère qui se répète si souvent dans les familles françaises ou étrangères, vous sentirez dans votre cœur ce mouvement intime, qui vous portera à les aider en vous intéressant à l'Œuvre, en travaillant à son développement, et en cherchant à faire partout et toujours tout ce qui vous sera possible, pour la prospérité et pour le développement de l'Œuvre.

A présent, je n'ai qu'à remercier tous ceux qui ont apporté leur concours à cette Œuvre particulière du congrès.

Mais, avant tout, j'ai à remplir un devoir devant cette grande assemblée, en remerciant comme il convient Mme Samazeuilh, la présidente de l'œuvre locale, qui a bien voulu mettre si largement son intelligence et ses moyens d'action, et, en général, tout son zèle d'apôtre au service d'une œuvre aussi intéressante que la nôtre.

C'est de tout mon cœur que je prononce cette parole de reconnaissance. Elle vous est due particulièrement, Madame, et chaque fois que j'ai eu l'occasion de vous témoigner mes sentiments personnels ce n'a été que pour vous remercier d'avoir accepté, péniblement, c'est vrai, mais généreusement, de prendre la présidence de cette Œuvre, et de la conduire comme vous l'avez conduite jusqu'ici, par les soins de la Providence de Dieu qui vous a éclairée, et aussi par cette générosité du cœur d'apôtre que Notre-Seigneur a mise en vous quand il s'agit de faire du bien à ceux qui en ont besoin.

Ma reconnaissance est acquise aussi aux bonnes Sœurs qui nous ont donné l'hospitalité ici, et qui répondent autant qu'elles peuvent, sur tous les points de cette ville, à tous les services qui leur sont demandés, toujours prêtes à faire ce que les œuvres réclament de leur charité, et toujours disposées à être généreuses, dans les limites qui leur sont permises, pour tout le monde en général, mais en particulier pour les jeunes filles dont elles sont chargées.

Je ne renouvelle pas mes remerciements à M. Rivière et à Mme de Montenach ; ces remerciements sont dans toutes vos âmes, mes chers Messieurs, et je suis convaincu que tous nous disons à cette heure-ci : « Gloire à Dieu qui a suscité de pareils dévouements dans la famille de ses enfants privilégiés et bonheur à tous ceux qui, d'une façon quelconque, apportent leur part d'action à tout ce que Dieu fait en faveur de ses enfants pour la sauvegarde et le salut de la jeune fille. » (*Applaudissements prolongés.*)

www.ingramcontent.com/pod-product-compliance
Lightning Source LLC
Chambersburg PA
CBHW060903180626
46818CB00004B/1828